Abracadabra!

Les fantômes
sont là!

Abracadabra!

Les fantômes sont là!

Peter Lerangis
Illustrations de Jim Talbot

Texte français de Jocelyne Henri

Les éditions Scholastic

À Tina, Nick et Joe, pour la magie
qu'ils apportent dans ma vie.

Données de catalogage avant publication
de la Bibliothèque nationale du Canada

Lerangis, Peter
  Abracadabra! : les fantômes sont là! / Peter Lerangis ;
illustrations de Jim Talbot ; texte français de Jocelyne Henri.

Traduction de: Boo! : Ghosts in the School.
Pour enfants de 7 à 10 ans.
ISBN 0-7791-1611-9

I. Talbot, Jim II. Henri, Jocelyne III. Titre.
IV. Titre: Fantômes sont là!

PZ23.L467Abb 2002   j813'.54   C2002-902153-7

Édition publiée par Les éditions Scholastic, 175 Hillmount Road,
Markham (Ontario) L6C 1Z7.

5 4 3 2 1   Imprimé au Canada   02 03 04 05

Sommaire

1

Pierre le borgne

— Il me donne la chair de poule, dit Noé Frigon.

— Il est en bois, remarque Karl Normand.

— Il est mignon, dit Selena Cruz.

— Il n'en est pas question! dit Jessica Frigon, qui en a assez.

Tout le monde est aux petits soins pour Anatole Dolbec. La journée va être gâchée.

— Anatole ne peut pas assister à la réunion, ajoute Jessica.

— *Je vous aime beaucoup! Gardez-moi avec vous!* dit Anatole Dolbec en roulant les yeux et en claquant la bouche.

Anatole est en bois. Ses cheveux sont en plastique noir. Sur chaque joue, il a cinq taches de rousseur de la grosseur d'une pièce de dix cents. C'est Maxime Blier qui les a peintes. Anatole parle en faisant rimer ses phrases, sauf quand Max est à court d'idées. Il porte le vieux jean de Max, sa chemise rouge et ses souliers blancs de bébé. Tout le monde dit que c'est un pantin, mais Max n'aime pas ça.

— Ce n'est pas *lui* qui parle, dit Noé. C'est *toi*, Max.

— Je parle du ventre, réplique Max. Avez-vous vu bouger mes lèvres? J'essaie de dire les *m*, les *b* et les *p* sans remuer les lèvres, mais on dirait que ce sont des *v*.

— On a remarqué, dit Karl.

Karl regarde par-dessus ses lunettes parce qu'elles sont sales. Il est l'élève de quatrième année le plus intelligent de l'école élémentaire Rébus. Il se souvient des noms. Il se souvient des dates. Il se souvient de tout ce qu'il a lu. Mais comme personne n'a jamais écrit « Attache tes souliers » ou « Nettoie tes lunettes », il oublie parfois de le faire.

Karl, Jessica, Max et Selena sont membres du Club Abracadabra. Aujourd'hui, le club de magie et de mystère tiendra sa toute première réunion après les cours. Jessica est impatiente. Elle veut que tout soit Absolument Parfait.

Mais Anatole est Absolument Agaçant.

— Max, dit Jessica, si Anatole vient à la réunion, tu vas jouer avec lui. On n'arrivera à rien faire...

— Holà, les enfants, le spectacle est terminé! crie M. Fleury, le professeur d'informatique. Dans vos classes, et en vitesse!

M. Fleury a une barbe rousse. Quand il parle, sa barbe bouge comme s'il s'agissait d'un animal à fourrure. Il aime faire des plaisanteries, et il marche toujours vite, vite, vite. Mais aujourd'hui, il s'appuie sur une canne.

— Hé, qu'avez-vous à la jambe? lui demande André Fiset.

— C'est Pierre le borgne qui m'a fait ça, répond-il d'une voix grave.

André se gratte la tête. Une boulette de papier mâché tombe par terre. Elle était dans ses cheveux depuis deux jours. André est le garçon le plus horrible de quatrième année.

— *Qui*? demande-t-il.

— Pierre le borgne, le fantôme de Rébus, dit tranquillement M. Fleury. Il vit dans l'auditorium. Et il *déteste* que les adultes utilisent la scène. La Troupe de théâtre de Rébus prépare une nouvelle pièce. Hier soir, je suis venu aider les membres de la troupe et je me suis attardé après leur départ. C'est à ce moment-là que j'ai entendu un bruit dans le couloir. Un gémissement.

Noé serre la main de Jessica de toutes ses forces.

— J'ai essayé de m'enfuir, continue M. Fleury, et *plop!* Il a bondi hors du mur et s'est jeté sur ma jambe!

— Génial! dit André.

La plupart des enfants éclatent de rire et font semblant d'avoir peur. Ils savent bien que M. Fleury plaisante. Mais Noé n'a que six ans, et depuis quelque temps, il a peur de *tout*.

— C'est juste une histoire, murmure Jessica.

— Mais maman et papa jouent dans la pièce! dit Noé.

— Il y a une autre chose qui met Pierre le borgne en colère, dit M. Fleury. Ce sont les enfants qui ne vont pas en classe le matin! Allez ouste, avant qu'il ne vous trouve ici!

— Ahhhh! crie André d'une voix stridente. Puis il s'enfuit dans le couloir. Les autres enfants se dirigent tranquillement vers leur classe. Noé refuse de lâcher la main de Jessica.

— Viens me reconduire, s'il te plaît! supplie-t-il.

— Noé, Pierre le borgne n'existe pas, dit Jessica en soupirant.

— En réalité, il a déjà existé, la corrige Karl. J'ai lu que c'était un acteur qui vivait dans les années 1800. Il a perdu un œil au cours d'un combat à l'épée dans une pièce de théâtre. Quand il est venu à Rébus, on l'a jeté en prison pour un crime qu'il n'avait pas commis. Il est mort dans sa cellule. La légende dit que son fantôme n'a pas quitté la prison.

— Tant mieux! dit Noé, soulagé. S'il est en prison, ça veut dire qu'il ne peut pas être ici!

— Pas exactement, réplique Karl en souriant et en montrant une vieille plaque de cuivre sur le mur.

— Nous allons à l'école dans une *prison*?
s'exclame Selena.

— Anciennement, c'était une prison,
dit Karl. La cellule de Pierre le borgne se
trouvait là où est l'auditorium. Chaque
année, Pierre hante la pièce de la Troupe de
théâtre de Rébus. Voyez-vous, il ne sait pas
qu'il est mort. Il voudrait faire partie de la
pièce.

Max met la main sur l'œil droit d'Anatole.

— *Appelez-moi Anatole le borgne! Hors
d'ici, ou je vous éborgne! Hi-hi-hi-hi!*

— ARRÊTE! crie Noé en se mettant à
pleurer.

RRRINNNGG!

Jessica prend la main de Noé, et
l'accompagne en vitesse jusqu'à sa classe.

— Ne t'occupe pas de Max et de Karl, dit-elle en arrivant devant la porte de la classe. Pierre le borgne est une légende. Les légendes sont imaginaires, d'accord?

Noé hoche la tête. Il entre dans sa classe, et Jessica se précipite au local 104. Elle arrive juste à temps pour voir Max entrer dans le local 110.

Soudain, elle entend un gémissement. Elle pivote, et des frissons lui parcourent le dos. Sa bouche est sèche.

— Max? appelle-t-elle. Arrête de parler du ventre! Ce n'est pas drôle.

Max ne répond pas. Il est déjà en classe.

Le gémissement diminue, puis s'arrête. On aurait dit qu'il provenait des murs.

2

Le Numa, le Scribe et le Cerveau

— Danse, danse, danse dans la nuit, chante M. Scott d'une voix grinçante.

Le concierge danse en balayant dans un vieil entrepôt du sous-sol.

Selena s'efforce de ne pas rire. M. Scott est tellement farfelu. Sans faire de bruit, Selena fixe une grande enseigne sur la porte avec du ruban adhésif.

Elle se recule pour admirer son enseigne, tout en se brossant les cheveux. Les passe-temps favoris de Selena sont le brossage de cheveux, les arts, le magasinage et l'intrusion dans les affaires des autres.

— C'est chouette! dit Karl.

— Ce sera beaucoup mieux quand le local sera propre, dit Selena en regardant les tourbillons de poussière qui volent partout.

Jessica et Max aident à déballer des boîtes pleines de tours de magie. Les boîtes appartiennent à Stanislas Beaucage, magicien du Far West presque célèbre. Jessica trouve

incroyable qu'il soit leur nouvel enseignant...
et aussi le directeur du Club Abracadabra.

M. Beaucage a le crâne luisant et une
barbe noire pointue.

— Un nouveau local, dit-il d'une voix
grave, et un nouveau mystère pour notre
Club, à ce qu'il semble... Jessica, au moins
trois autres enfants ont entendu des bruits et
des voix.

— Ça ressemblait à Max, dit Jessica.

— C'était peut-être mon ventre, dit Max.
J'ai mangé de la crème glacée pour déjeuner.

— Peu importe, dit Selena. Je suis certaine
que ce n'était pas Pierre le borgne. C'est juste
une vieille légende idiote.

— Oui, c'est mon idooooole... Le fantôme
de l'écoooooole... chante M. Scott en
poussant le tas de poussière près de la porte.
Mesdames et messieurs, bienvenue dans
votre nouveau local! Mon dernier tour va
consister à faire disparaître ce tas de
poussière.

— Attendez, je vais vous aider! dit soudain Karl en saisissant la pelle à poussière par le manche, qui mesure environ 90 cm. Zut, c'est plus lourd que je pensais! Je crois qu'il va falloir utiliser la concentration, monsieur Scott.

— La quoi? dit M. Scott en se grattant la tête.

— Je vous explique... Vous fermez les yeux et vous pensez très fort, dit Karl en fermant les yeux.

Il soulève la pelle à poussière. Son bras droit se met à trembler. Il saisit son poignet droit avec sa main gauche. Maintenant, ses deux bras tremblent.

— Bon... à présent...

Karl ouvre lentement le poing droit, celui qui tient le manche. D'abord le pouce... puis l'index... le majeur... Sa main est complètement ouverte, mais la pelle à poussière est toujours dans les airs. Le

manche est toujours dans la paume de sa main!

Karl dépose la pelle à poussière par terre, à côté de M. Scott.

— Voilà! dit-il. C'était beaucoup plus facile.

— Hi, hi, hi, hi! Comment as-tu fait? demande M. Scott en riant et en applaudissant.

— Un magicien ne révèle jamais ses tours! lui rappelle M. Beaucage.

— Bon, j'espère que la soirée d'ouverture du Club Abracadabra sera fantastique. Comme au théâtre, je vous dis merde! dit M. Scott en ramassant la poussière et en sortant de la pièce.

— Pourquoi a-t-il dit ça? demande Selena en se tournant vers M. Beaucage.

— C'est une vieille expression, explique M. Beaucage. Les acteurs disent ça pour se porter chance. Si tu souhaites quelque chose de mauvais, il se produira quelque chose de bon.

— J'espère que des souris, des insectes et des vers vont nous attaquer! dit Max. Puis qu'il commencera à neiger, mais que les flocons seront en réalité des poissons morts, et...

— Humm, merci, Max, dit M. Beaucage. Je déclare la séance ouverte.

Karl ouvre un bloc-notes neuf sur la couverture duquel on peut lire : PROCÈS-VERBAL DU CLUB ABRACADABRA.

— Voyons voir... dit-il en sortant un stylo et en commençant à écrire. Il est 15 h 21... Ouverture de la première réunion officielle.

— Je vote pour Karl comme secrétaire, déclare Selena. Il n'arrête jamais d'écrire.

— J'accepte, dit Karl, mais je préfère scribe à secrétaire. Scribe signifie écrivain.

— Tous ceux qui sont en faveur de Karl

comme scribe officiel, dites oui! déclare
M. Beaucage.

— OUI! crient Jessica, Max et Selena.

Max lève Anatole Dolbec à bout de bras.

— *Jessica Frigon doit être notre
présidente! Votez pour elle si ça vous
chante! Tous ceux qui sont en flaveur?*

— C'est *faveur*, le reprend Karl.

— Et tu as bougé les lèvres, ajoute Selena.

— *Hi, hi, hi, vous devez dire oui!* dit
Anatole.

— OUI! disent Selena, Karl et Max.

— Ouuuuuuui! dit Jessica. Je veux dire,
merci! Et Max? Que sera-t-il?

M. Beaucage se gratte le menton.

— Max est définitivement un Numa.

— Qu'est-ce que c'est? demande Max.

— Ce que tu veux que ça soit, dit
M. Beaucage.

— Numa veut dire... magicien en chef! Je

vais être le magicien en chef! s'exclame Max.
Merci!

Le reste de la réunion se déroule
rapidement. Selena est choisie comme
conceptrice du Club. Les réunions se
tiendront les mardis et les vendredis, de
15 h 30 à 16 h 30. Karl commence deux
nouveaux blocs-notes : le Registre des
mystères et la Liste des nouveaux tours.

La réunion est presque terminée quand
Jessica se rappelle une chose très importante.

— Oh! J'ai failli oublier. Il faut discuter
des nouveaux membres.

— C'est maintenant un Club officiel,
dit M. Beaucage. Tous les élèves de l'école
peuvent devenir membres.

— Même André Fiset? s'écrie Selena.
Ouache!

— Nous allons demander à Pierre le
borgne de lui faire peur, dit Max.

— Tous les quatre, vous serez les meneurs
du groupe, dit M. Beaucage. Vous allez

enseigner des tours de magie aux nouveaux membres. Demain, nous afficherons une feuille d'inscription.

— Que diriez-vous de donner un spectacle pour attirer les nouveaux membres? suggère Selena, les yeux brillants. On leur montrerait ce qu'on sait faire.

— *Avec Anatole en vedette! Ce serait chouette!* dit Anatole.

— Sérieusement, dit Selena. Je pourrais faire les costumes et les coiffures…

— Je pourrais écrire le scénario, dit Karl.

— Je vais demander à M. Mercier la permission d'utiliser l'auditorium, dit M. Beaucage.

Tout le monde se met à parler en même temps.

Jessica sourit. Le Club Abracadabra est en affaires!

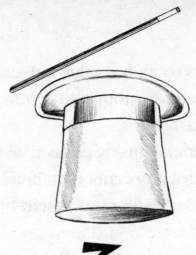

3

Émoi dans la cafétéria

— Vendredi? s'exclame Selena, qui en échappe presque son sandwich à la dinde par terre. Le spectacle de magie ne peut pas avoir lieu vendredi. On est déjà mercredi!

— M. Beaucage a dit que c'était la seule journée où il pouvait réserver l'auditorium, explique Max.

Jessica a la tête qui tourne. Elle n'a même pas touché à son lunch. Le spectacle pose un gros problème. Elle aurait voulu que Karl n'aille pas à son club d'échecs aujourd'hui. Karl a toujours de bonnes solutions pour les problèmes de ce genre.

— Je convoque une réunion d'urgence cet après-midi, après les cours, dit Jessica. Il faut commencer à répéter tout de suite.

— On devrait d'abord annoncer le spectacle, dit Selena.

Max se lève de table et fait tourbillonner sa cape.

— MESDAMES ET MESSIEURS! VENDREDI PROCHAIN, LE CLUB ABRACADABRA, CÉLÈBRE DANS LE MONDE ENTIER, PRÉSENTERA SON PREMIER MIRACLE DE MAGIE!

— *Spectacle*, chuchote Jessica.

Max confond souvent les mots quand il est devant une foule.

— EUH, OUI... SPECTACLE. DES TOURS QUI VONT VOUS ÉBLOUIR ET PIQUER VOTRE CURIOSITÉ... SANS OUBLIER NOTRE INVITÉ SPÉCIAL!

— Ouais, Pierre le borgne! crie André Fiset en se couvrant l'œil avec un petit pain. Je vous attendrai à l'auditorium! Hi, hi, hi, hi!

À la table voisine, Érica Landry et ses amis snobs font des plaisanteries.

— Hé, Selena, crie Érica, es-tu membre de ce club idiot?

— Max, dit Jessica en souriant gentiment, veux-tu leur donner un aperçu du spectacle? Et si on coupait Érica en deux?

— Bien sûr, Jessica, dit Érica en riant. Où est ta scie jouet?

— Pas avec une scie… avec ça, répond Jessica en sortant deux longues cordes de son sac à dos. C'est facile. On n'a qu'à faire passer une de ces cordes à travers ton ventre.

Érica arrête de rire.

— Allez-y! crie quelqu'un à l'autre bout de la cafétéria.

— Tu as peur? demande Jessica.

— Pas du tout! dit Érica en se tournant

vers M. Sicotte, le professeur chargé de la surveillance. C'est que... euh, vous n'avez pas le droit de faire ça dans la cafétéria! N'est-ce pas, monsieur Sicotte?

— Ça pourrait être intéressant, répond M. Sicotte en haussant les épaules.

— OUI! OUI! OUI! clament les élèves.

Les amis d'Érica la poussent vers Jessica.

— Max et moi allons tenir les deux cordes derrière le dos d'Érica, annonce Jessica. Ensuite, *abracadabra...* nous allons faire passer les cordes à travers elle.

Jessica s'arrête et pousse un grand soupir.

— Nous allons essayer de ne pas déchirer ton chemisier, poursuit-elle. Il est tellement joli.

— M-m-merci, balbutie Érica.

Les élèves sont tellement silencieux qu'on pourrait entendre une mouche voler. Max et Jessica se placent de chaque côté d'Érica. Ils s'écartent l'un de l'autre pour tendre les cordes dans le dos d'Érica. Jessica donne un bout de sa corde à Max, et Max fait la même chose.

Ils font un nœud plat en avant d'Érica et tirent sur les cordes. Érica est coincée.

— Un...

— C'est une plaisanterie, c'est ça? demande Érica, qui commence à s'affoler.

— Deux...

Max ferme les yeux.

— Trois!

Jessica tire. Max tire. Érica hurle!

Zzzzzzzippp!

Soudain, les cordes sont devant Érica. On dirait qu'elles ont traversé son corps.

Les amis d'Érica éclatent de rire. Les enfants applaudissent les uns après les autres.

Érica retourne à sa chaise, toute tremblante. Elle se touche le ventre pour s'assurer qu'elle est encore en un seul morceau.

— Merci, dit Selena à Jessica en souriant.

— Ce n'est qu'un échantillon de ce que vous verrez vendredi! annonce Jessica. Je suis certaine que vous serez nombreux à vous joindre à nous...

— Et n'oubliez pas qu'on aura un invité spécial! dit Max en laissant tomber la corde et en soulevant Anatole. *Pas Pierre le borgne, c'est un casse-pieds. Mais Anatole Dolbec, qui connaît son métier!*

— Pas maintenant, Max, siffle Jessica.

— Bou! crie Luc Lareau, l'ami d'André Fiset. Max, tu es le pire ventrilic... ventriluc... ventrolic... Tu es nul!

— Ventriloque, dit Max.

— Euh, peu importe, continue Jessica. Nous avons fondé un groupe qui s'appelle le Club Abracadabra...

— Hé, Max, crie quelqu'un à l'arrière. Peux-tu parler du ventre dans les toilettes?

Tout le monde rit aux éclats.

— S'il vous plaît! crie Jessica.

C'est tellement embarrassant.

— Ah, bravo, dit Selena. Ça allait si bien avant qu'Anatole s'en mêle, Max!

— Anatole Dolbec est ennuyant! crie Luc. On veut Pierre le borgne! On veut Pierre le borgne!

— Il n'existe pas! réplique Selena.

Soudain, on entend un long cri lugubre.

— *BOOOOOOOOOOUUUUU-AH-HA-HA-HA-HA!*

4

Au tour de Karl

— Aaaaaah! crie M. Sicotte.

Jessica sursaute. Selena échappe sa brosse à cheveux.

Tout le monde se tourne vers la porte de la cuisine. Personne ne bouge.

— OhhhhhhHHHHHHHH! gémit la voix.

— On s'en va, s'écrie Max en saisissant Anatole.

Mais Jessica s'avance lentement vers la cuisine. La voix lui a semblé familière.

— Que fais-tu, Jessica? demande Selena.

Jessica ne répond pas. Elle s'appuie contre le mur, à côté de la porte de la cuisine.

— AU SEEEECOURRRRS! gémit la voix.

Jessica ouvre la porte.

— Sors de là tout de suite!

Elle attrape André Fiset par le bras et le sort de la cuisine. André tient un rouleau d'essuie-tout devant sa bouche.

— *HI! HI! HI! HI!* s'esclaffe-t-il.

— Fiset, dit M. Sicotte, j'ai deux mots à te dire.

André va avoir des ennuis. De gros ennuis.

Ce qui plaît bien à Jessica.

Chaque mercredi, à l'heure du dîner, Karl Normand va à son club d'échecs, dans le couloir derrière la scène. Karl adore les échecs, mais il déteste cette période de l'année parce que la Troupe de théâtre de Rébus répète sa pièce hivernale. La troupe n'a pas d'autre scène que celle de l'école élémentaire. Et elle entrepose ses costumes dans le local du club d'échecs. Les vêtements sentent la naphtaline.

Karl est allergique à la naphtaline.

— Échhhhhec et mat! dit Karl en éternuant.

Comme d'habitude, il a gagné la partie.

— Le temps est presque écoulé, dit Mme Romanov, la professeure d'échecs. Karl, tu peux partir si tu ne te sens pas bien.

— Merci-*atchoummm!*

Karl prend son bloc-notes et son sac à dos, et sort. Le couloir est désert et sombre, mais l'air est pur. Karl peut enfin respirer. Il s'arrête pour écrire dans son bloc-notes.

CLUB D'ÉCHECS	
VICTOIRES	DÉFAITES

Il se remet en route vers la cafétéria. Les lumières émettent un bourdonnement sourd.

C'est à ce moment-là qu'il entend le gémissement. Et la voix.

C'est un bruit étouffé, comme celui d'un téléviseur dans une pièce voisine. Il ne comprend pas ce que dit la voix, sauf le mot « vendredi ».

Puis il entend un rire. Grave et sonore.

HRAMMMMMMMMMMMM!

Karl sursaute. Il pivote, et ses lunettes tombent par terre. Il ne voit presque rien sans ses lunettes.

Mais il entend le bruit des pas.

Pom... pom... pom...

Quelqu'un... ou quelque chose... approche. Karl tente de voir ce que c'est. Mais le couloir ressemble à une tache verte et indistincte, et le sol, à une masse jaune et floue. Mis à part la lueur qui provient d'une des pièces.

Karl plisse les yeux. La lueur s'éclaircit. C'est un pirate. Un pirate au sourire grimaçant, avec un bandeau sur l'œil et une longue épée!

— Yiiips, s'écrie Karl.

Il ramasse ses lunettes et court jusqu'à la cafétéria. Il bouscule Jessica, qui sort au même moment, la renversant presque.

— Je l'ai entendu! lâche Karl. Près du local du club d'échecs.

32

— Qui? demande Max. Pierre le borgne?

— Non! dit Karl. Euh, oui! C'est-à-dire, j'ai entendu un bourdonnement et des bruits de pas, comme un fantôme. Et j'ai vu un pirate, qui flottait comme un fantôme. Sauf que je ne crois pas aux fantômes. Bon. Bon. Je suis calme. Je vais noter ça dans nos dossiers tout de suite. Mais quand les cours seront finis, il faudra faire une enquête!

— Mais on doit se réunir pour parler du spectacle de magie, proteste Jessica.

— C'est un club de magie et de *mystère*, dit Karl. Nous avons ici un grand mystère. Il faut le résoudre. Rencontrez-moi à la porte du local 104.

Après l'école, Karl emmène Jessica, Max et Selena dans le couloir, derrière la scène.

— Nous sommes arrivés… Bon, où est le pirate? demande Max.

— Il faut inspecter chaque local, dit Karl. Les quatre amis avancent lentement, en essayant chaque porte qui donne sur le couloir. Les deux premières sont fermées à clé. La troisième ouvre sur une pièce remplie de lumières. Il y en a des rouges, des bleues, des vertes, des lumières sur des perches et des lumières fixées à des planches de bois. La quatrième pièce est remplie de faux téléphones et téléviseurs, de tables, de chaises, de buffets, de plantes en plastique et d'un poulet en caoutchouc.

— Pas étonnant qu'ils doivent mettre leurs costumes dans le local du club d'échecs, dit Jessica. C'est un vrai fouillis.

— Qui monte la pièce? demande Selena.

— La Troupe de théâtre de Rébus, lui dit Jessica. Mes parents en font partie.

— Ils ont peut-être vu Pierre le borgne, dit Max.

— Ils ont fait des plaisanteries à son sujet, explique Jessica. Ils ont dit qu'il change des choses de place et qu'il fait du bruit. Mais Noé a pris peur, et ils ont arrêté. C'était seulement une plaisanterie. Pierre le borgne n'existe pas.

— Chut! dit Karl en montrant l'extrémité du couloir.

La porte est grande ouverte. La pièce est obscure, exception faite d'une petite lumière rouge.

— Je n'entre pas, chuchote Selena.

— Très bien. Moi j'y vais, dit Jessica en entrant dans la pièce et en tâtonnant sur le mur pour trouver l'interrupteur.

Elle appuie, et la lumière jaillit.

HROMMMMMMMMMMMM...

— Aaaaaaaah! crie Jessica en reculant d'un bond.

Elle bute contre Max et rebondit dans la pièce.

Elle atterrit sur un tas de fils, près de la patte d'une table. Le bourdonnement provient du dessus de la table.

C'est un ordinateur. Un gros ordinateur

démodé. À côté, il y a des écrans, d'autres ordinateurs, des claviers et des radios.

— À quoi sert cette pièce? demande Jessica.

— Je pense que c'est l'endroit où on entrepose l'équipement qui ne sert plus, dit Karl en haussant les épaules.

— Sortons d'ici avant que quelqu'un ne nous surprenne, dit Selena.

— Regardez! crie Karl en montrant l'écran.

Un pirate les observe. Au-dessus du pirate, on peut lire les mots FANTÔMES, VAMPIRES, PIRATES ET AUTRES CRÉATURES LÉGENDAIRES.

— C'est ça que j'ai vu à l'heure du dîner.

Selena se penche pour mieux voir.

— Tu as dû perdre l'appétit. C'est épouvantable.

— C'est seulement une image, dit Karl.

— Ouais? Alors, l'image a dû échapper

quelque chose, dit Max en se penchant et en ramassant quelque chose par terre.

Un bandeau noir.

Pom... pom... pom...

Les enfants se figent sur place. Ils entendent un bruit dans le couloir.

— Vite! dit Jessica. Cachez-vous!

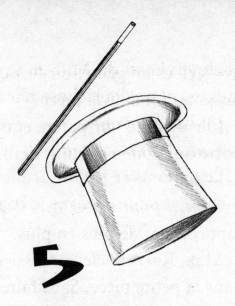

5

Cuits, cuits, cuits...

Karl s'accroupit derrière une boîte de carton. Max se couvre le visage avec sa cape. Jessica essaie de se glisser derrière un téléviseur, mais l'espace est trop étroit.

— Nous sommes cuits, dit Selena.

— Vite, il nous faut une cachette où un fantôme ne penserait pas à chercher... dit Max.

— La salle de bains? suggère Karl.

— Tu es un génie! dit Jessica en courant jusqu'au fond de la pièce.

Elle déplace une patère et découvre une porte qui donne sur une vieille salle de bains.

— Ici!

Pom… pom… POM… POM… Les pas se rapprochent de plus en plus.

Max, Karl et Selena réussissent à s'entasser dans la petite pièce. Sans faire de bruit, Jessica entre à son tour et referme la porte. Les enfants entendent un fracas dans le local. Un grattement… Un grognement…

Jessica colle son oreille contre la porte.

— Il est là! murmure-t-elle.

Les dents de bois d'Anatole s'entrechoquent.

— Arrête de trembler, Max! chuchote Jessica.

— Scott, Scott, Scott… marmonne la voix.

C'est la voix de M. Fleury.

Le bruit de pas reprend. Il devient de plus en plus faible, puis plus rien.

Jessica ouvre la porte de la salle de bains.

— C'était juste M. Fleury qui réparait l'ordinateur, dit-elle.

— Pourquoi parlait-il de M. Scott? demande Karl.

— Bonne question, dit Selena.

— Sortons d'ici, dit Jessica. C'est sinistre.

Les amis sortent de la pièce en courant et traversent le couloir.

Noé les attend en haut de l'escalier du sous-sol. Il a les bras croisés.

— Je veux rentrer à la maison, dit-il.

— Tu dois rester pour le programme d'activités parascolaires, réplique Jessica. Maman et papa ne sont pas à la maison… et j'ai une réunion!

Elle prend la main de Noé et le conduit à l'auditorium. Noé a les yeux écarquillés d'effroi.

— Mais j'ai entendu d'autres bruits, Jessica, gémit-il. D'autres enfants les ont aussi entendus! Il y a réellement un fantôme.

— Vous vous imaginez des choses, dit Jessica en ouvrant la porte de l'auditorium et en poussant gentiment Noé à l'intérieur. Pierre le borgne est une invention.

— Du moins, je l'espère, ajoute-t-elle tout bas en courant jusqu'à l'escalier du sous-sol.

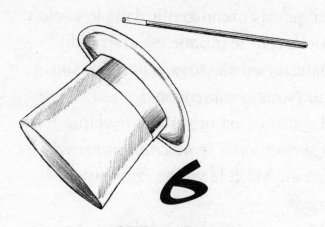

6

171 minutes

— Tu dois d'abord desserrer les lèvres, explique M. Beaucage. Tu gardes un grand espace dans le fond de ta gorge. Puis tu regardes l'endroit où tu veux projeter ta voix...

Une petite voix se fait entendre à l'extrémité de la pièce.

— *Bonjour tout le monde!*

— M. Beaucage est doué, dit Jessica.

— *Très* doué, murmure Selena. C'est peut-être lui qu'on entend gémir dans le couloir.

— Bon, tout le monde est arrivé, dit M. Beaucage en s'assoyant derrière son bureau. Nous commençons?

— La séance est ouverte! s'exclame Jessica.

— *Quooooooi? Je ne commmprends paaaas!* dit Max, le visage cramoisi et difforme.

— Max, es-tu malade? demande Selena.

— Non, je projette ma voix! dit Max en souriant. J'ai appris comment faire. Tu l'as entendue, elle venait du fond de la pièce!

— C'est bien, Max, dit M. Beaucage en souriant. Vendredi, Anatole pourrait t'accompagner sur scène.

— Mais quels tours allons-nous présenter? demande Selena.

— Je connais un million de tours avec des cartes! dit Karl.

— Que diriez-vous de la lévitation... vous savez, les gens qui flottent dans les airs?

propose Jessica. Même les spectateurs de la dernière rangée pourront tout voir. Tout le monde adorerait ça.

— Ce qui compte avant tout, dit Selena, c'est le décor et les costumes. Si nous avons l'air de vrais magiciens, les gens vont nous aimer, même si nos tours sont minables. Ma mère a du tissu noir. Je nous vois dans des robes longues et vaporeuses, avec peut-être une large ceinture rouge…

— Commençons, dit M. Beaucage. Vous connaissez déjà des tas de tours. Nous allons répéter aujourd'hui et demain. Vendredi, avant les cours, nous ferons une répétition générale.

Karl écrit dans son bloc-notes.

— Nous avons besoin d'un minimum de dix tours, dit-il.

— Non, dit Max en se frottant les mains. Cent!

À 16 h 30, les membres du Club ont choisi un tour. Seulement un.

Jessica n'arrive pas à le croire. À ce rythme-là, le spectacle sera prêt dans deux mois!

Ce soir-là, elle est incapable de manger. Elle arrive à peine à faire ses devoirs. Elle n'arrête pas de se tourner et se retourner toute la nuit. Elle fait des cauchemars.

Et, pour comble de malheur, Noé n'arrête pas de gémir durant le déjeuner.

— C'est la pire journée de ma vie! dit Jessica en partant pour l'école. Tu ne pourrais pas arrêter de te plaindre, non?

— Tu ne penses à rien sauf à ton spectacle stupide, dit Noé.

— Et toi, tu ne penses à rien sauf à ton stupide fantôme imaginaire! réplique Jessica.

Comme d'habitude, Karl les attend au coin de la rue. Il est en train d'écrire dans son bloc-notes.

— Jessica, il faut encore trouver neuf tours. Il faut en moyenne dix-neuf minutes pour répéter un tour…

46

— Dix-neuf? Comment le sais-tu? demande Jessica.

— Je regarde ma montre, répond Karl. Pour neuf tours, il faut 171 minutes. Nous pouvons répéter durant la récréation et le dîner, puis après l'école, durant deux heures. Ce qui fait...

Karl fait le compte sur sa calculatrice fixée à son bloc-notes.

— Environ 210 minutes, reprend-il. Ça nous laisse assez de temps... avec 39 minutes de réserve!

— Karl? dit Noé. Es-tu réellement un ordinateur?

Jessica demande à Karl de recommencer ses explications... trois fois. Ils prennent un raccourci en contournant l'étang aux canards. Ils ne veulent pas être dérangés.

Le raccourci les mène au stationnement de l'école. Jessica se sent déjà beaucoup mieux.

Karl a raison. Ils vont y arriver.

Noé part rejoindre ses amis en courant.

Mme Romanov sort de son auto, et Karl s'arrête pour lui dire quelques mots.

Jessica entre dans l'école. La plupart des élèves sont dans l'entrée, et le couloir est désert et silencieux.

Trop silencieux.

Jessica tente de siffler, mais aucun son ne sort. Elle accélère le pas.

— *Aaahhhh! Elles vont meeeee voirrr!* retentit soudain une voix qui sort de nulle part... et de partout.

Jessica s'arrête net.

— A-allô? appelle-t-elle.

— *Elles vont me voir, il faut me croire! Vendredi, je chanterai victoire! Et elles vont le regretter!*

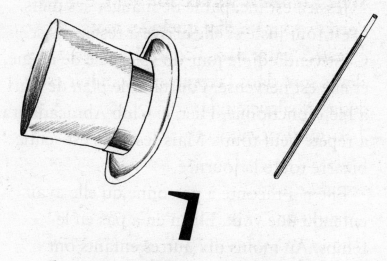

7

La répétition générale

— Mais Pierre le borgne était là hier!
proteste Noé en gémissant. Quand j'étais
aux activités parascolaires! Tout le monde
l'a entendu. Il se lamentait comme ça :
« *Ouuuu… miaaa-miaaa-miaaa…* »

— Miaaa? répète le père de Jessica en
sortant de la cuisine. Je croyais que les
fantômes disaient « bou ».

Jessica est incapable de manger ses œufs.
C'est tout juste si elle arrive à rester assise.
C'est vendredi, le jour du spectacle de magie,
et elle est nerveuse. Pourtant, le plan de Karl
a bien fonctionné. Hier, le Club Abracadabra
a répété neuf tours. Mais Jessica s'est sentie
bizarre toute la journée.

Elle n'a raconté à personne qu'elle avait
entendu une voix. Elle n'en a pas eu le
temps. Au moins dix autres enfants ont
déclaré l'avoir entendue.

Il n'y a pas de doute. La voix doit être
réelle.

« *N'y pense pas,* se dit Jessica. *Pense au
spectacle. Seulement au spectacle.* »

— Il faut qu'on parte tout de suite, dit-elle
à Noé. Avant les cours, nous avons la
répétition générale…

Le visage de Noé devient blanc comme
neige.

— Tu ne peux pas aller sur la scène aujourd'hui! s'exclame-t-il. Il va t'attraper!

— Noé, arrête de dire des sottises!

— Il l'a dit. « *Vendrediiiii… Je vais les attraper vendrediiiii!* » Je l'ai entendu.

— Noé Frigon, si tu ne mets pas tes souliers tout de suite, je te traîne à l'école en chaussettes!

Noé s'empresse de mettre ses souliers.

— D'accord, mais je n'irai pas à l'auditorium!

Il fait très froid sur la scène ce matin. Beaucoup plus froid que ne s'en souvenait Jessica. Elle n'arrête pas de se dire : « *Il fait toujours froid le matin. Aucun rapport avec le fantôme.* » C'est le jour de la répétition générale. Il faut qu'elle se concentre.

Selena est occupée à balayer la scène.

— Les adultes n'ont rien nettoyé après leur répétition, hier soir, se plaint-elle. Ils sont pires que les enfants!

— Je me demande s'ils ont entendu la voix, dit Jessica.

Selena croise les bras et regarde Jessica.

— Écoute-moi bien, Jessica... il faut que tu cesses de penser à ça!

— Bon, il reste cinq minutes avant le début des cours! dit M. Beaucage. Répétons le clou du spectacle : la disparition de Karl!

Jessica s'élance et ferme le rideau. Elle laisse un petit intervalle au centre, juste assez pour qu'une personne puisse passer. Puis elle s'avance près de l'ouverture sur la pointe des pieds et reste cachée derrière le rideau.

Karl est devant le rideau pour que le public puisse le voir.

— *Psssst!* Jessica? Es-tu prête?

— Oui!

Max et Karl tiennent une grande couverture à bout de bras. Ils la tendent au maximum en s'assurant que le bas effleure le sol et que le haut dépasse leur tête. Karl se place derrière en ne lâchant pas son bout. Le public croira que Karl s'enroule dans la couverture, comme une momie dans ses bandelettes. Ensuite, Max dira une formule magique et déroulera Karl... sauf que ce ne sera plus Karl; ce sera Jessica!

Pour réussir le tour, Jessica doit passer en avant du rideau et prendre la place de Karl avant qu'il commence à s'enrouler.

— *Vendredi... Je vais les attraper vendredi!*

C'est la voix! Elle paraît lointaine. Mais d'où provient-elle?

— Vite! siffle Karl en tenant la couverture au-dessus de sa tête.

Jessica la saisit et prend sa place. Karl se glisse à l'arrière-scène par l'ouverture au centre du rideau. Jessica s'enroule.

La couverture est chaude… trop chaude. Elle ne voit rien.

« *Je suis prise au piège* », pense-t-elle.

— ET MAINTENANT, PINCEZ-VOUS L'ŒIL AVEC LE NOUVEAU KARL! dit Max.

— *Rincez-vous l'œil!* lui souffle Karl de l'arrière-scène.

— ABRACADABRA… ZIIIIP… FIZNICRAL! crie Max.

Il tire de toutes ses forces. Jessica se met à tourner sur elle-même. Elle perd l'équilibre et tombe par terre en hurlant.

Max tire un bon coup, et Jessica roule jusqu'à l'arrière-scène.

La tête lui fait mal. Les côtes aussi. Ses amis rient aux éclats.

— Ça va? demande Selena.

— Je ne suis pas certaine, répond Jessica.

— *Pssssssst... psssssst!* siffle une voix au fond de l'arrière-scène.

Tout le monde se tait.

Jessica ne voit rien, à part le contour d'une grosse boîte.

— Qui est là? appelle-t-elle.

— *C'est presque le temps d'aller en classe!*

La boîte... La voix provient de la boîte!

— Yiiiips! s'écrie Karl.

— *Hiiiiips!* répond la boîte.

Karl recule d'un bond... Jessica s'avance et ouvre la boîte. Elle s'empare de quelque chose, puis elle tire.

Un père Noël sort de la boîte. C'est un gros coussin rembourré avec l'inscription PROPRIÉTÉ DE L'ÉCOLE ÉLÉMENTAIRE RÉBUS.

Karl n'en revient pas.

Max regarde M. Beaucage avec effroi et admiration. M. Beaucage a projeté sa voix dans la boîte.

— Allez-vous me montrer comment faire? demande Max.

M. Beaucage se contente de croiser les bras en souriant.

8

Le spectacle de magie

Jessica parcourt la salle du regard. La journée a passé tellement vite. Finies les répétitions! Le spectacle a commencé, et tous les yeux sont braqués sur elle.

— Pour le tour suivant, il me faut un œuf! dit-elle en souriant et en sortant un œuf d'une boîte. Hum... que se passerait-il si je lançais cet œuf dans la salle?

— OUIIIIIIII! crient tous les enfants.

Tout se passe bien, c'est un succès! Même si Selena n'arrête pas de rougir et d'oublier son texte. Même si Karl a échappé un jeu de cartes dans la salle. Et même si Anatole Dolbec accapare la scène.

Ce n'est pas grave. La magie est dans l'air.

— Noooon, dit Jessica au public. Ce serait trop salissant.

— OUIIIIIIIII! crient de plus belle les spectateurs en riant et en frappant du pied pour l'encourager.

— *Ne le lance pas dans la salle, Jessica!* crie Anatole Dolbec. *Sinon, tu ne le reverras pas!*

Jessica sourit. Elle lève l'œuf à la hauteur de son épaule. Elle regarde André Fiset, qui dort dans la dernière rangée.

Et elle lance l'œuf dans la salle!

— Attention, André! crie quelqu'un.

— Quoi? dit André en tombant de son siège.

Le tour a parfaitement réussi. Jessica tient l'œuf dans sa main gauche. Elle fait attention que personne ne s'en aperçoive.

— Ta-da! chante Jessica. L'œuf a disparu!

— Oh, non! Je l'ai eu en plein visage! crie André Fiset.

Il se lève de son siège et se couvre le visage en poussant des cris.

Max dépose Anatole et court jusqu'au bord de la scène.

André s'élance dans l'allée, puis se tourne pour faire face aux spectateurs. Il sourit et enlève ses mains de son visage.

— *Allô! Je suis un pantin. Je vous ai bien eus! Oh, oh! Max s'en vient. On ne rit plus!*

— André Fiset! dit M. Mercier en se dirigeant à son tour vers la scène.

André disparaît à la vitesse de l'éclair.

— Et maintenant, un tour de lévitation! annonce M. Beaucage.

Karl et M. Beaucage transportent Selena sur scène en la tenant par les épaules et par les pieds. Selena fait semblant de dormir. Elle est recouverte d'une grande couverture, dont les bords balaient le plancher.

M. Beaucage dépose doucement le haut de son corps sur une chaise, au centre de la scène. Karl dépose ses pieds sur une autre chaise.

Quelques secondes s'écoulent, puis Selena commence à s'élever dans les airs. D'abord ses jambes, puis son corps!

Elle flotte un moment, puis descend doucement pour reprendre place sur les chaises… Puis elle tombe.

Ses fausses jambes lui glissent des mains. Les spectateurs découvrent ainsi comment elle a fait : elle a sorti les fausses jambes de la couverture et s'est assise sur la chaise!

« *C'est raté,* pense Jessica. *Le spectacle est raté.* »

Selena se relève doucement et saisit Anatole Dolbec.

— Je pense qu'elles t'appartiennent, dit-elle.

Elle ajuste les fausses jambes sur Anatole, puis sort de la scène en dansant avec le pantin. Tout le monde éclate de rire et applaudit à tout rompre.

Il ne reste plus que le dernier tour, la disparition de Karl.

Ça commence mal. À l'arrière-scène, Jessica et Karl butent l'un contre l'autre. Puis Max enroule Jessica trop rapidement. La couverture est tellement poussiéreuse que Jessica ne peut s'empêcher de tousser.

Malgré tout, ça fonctionne. Parfaitement.

À la fin du spectacle, les spectateurs se lèvent et tapent du pied.

— HIII-AHHHHHH! crie M. Beaucage.

— Ils ont aimé ça! dit Max à ses amis

pendant qu'ils saluent la foule. Ils nous ont vraiment aimés!

Jessica se souvient à peine du buffet qui a suivi le spectacle, ni du discours de M. Beaucage pour leur exprimer sa fierté... ni du dégât qu'ils ont dû nettoyer quand Max a renversé la boîte d'œufs sur le plancher.

Jessica a la tête dans les nuages en quittant l'auditorium avec Max, Selena et Karl.

— *On est les vedettes de l'école, et c'est à cause d'Anatole!* chante Anatole.

— Tu sais, tu fais des progrès, dit Jessica à Max.

— Hé, que va-t-il se passer si toute l'école s'inscrit au Club? demande Selena.

— Après notre brillant spectacle, même les enseignants voudront s'inscrire, dit Karl.

— Pierre le borgne aussi! dit Max en pouffant.

— Euh-hum, marmonne Selena. Nous n'avons pas encore résolu ce mystère, vous savez.

— On est vendredi, dit Max. Il est supposé apparaître… et attraper tout le monde!

Les enfants entendent l'écho de leurs pas dans le couloir. Ils passent devant le laboratoire d'informatique de M. Fleury, le magasin d'accessoires et la salle d'éclairage. Ils marchent de plus en plus vite.

Rendus au bout du couloir, ils courent presque.

— *Miiaaaaaa… aidez-moi…AIDEZ-MOIIIIII!*

— Yiiips! s'écrie Karl.

— Là, dit Selena en montrant le placard du concierge. Il est dans le placard!

Max se tourne dans la direction opposée.

— Salut, j'ai des devoirs à faire, dit-il.

— Oh, non! dit Jessica en le ramenant.

Elle prend la main de Karl. Karl prend celle de Selena. Selena regarde les ongles sales de Max et décide plutôt de mettre le bras sur son épaule.

— Nous sommes le Club Abracadabra. Nous allons résoudre ce mystère ensemble, dit Jessica en s'avançant vers la porte. Nous n'avons pas peur.

— *MIAAAAAAAA!* crie la voix.

— Oui, nous avons peur! hurle Max.

Jessica met la main sur la poignée de la porte. Elle la tourne lentement...

Crash!

Bang!

Les amis regardent dans le local sombre. Il y a un seau par terre. Des fournitures ont dégringolé des étagères. Un bandeau pend du plafond et il y a une longue ceinture noire sur le dessus d'un classeur.

Mais il n'y a pas âme qui vive dans le local.

Pierre le borgne a disparu.

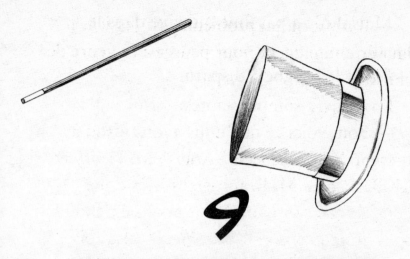

9

Un vendredi redoutable!

— C'était sûrement André, dit Selena, quand les enfants rentrent chez eux. C'est le seul qui n'hésiterait pas à se cacher dans un placard sombre et sale.

Au fond du placard du concierge, il y a une porte qui mène au sous-sol. Pour rendre sa voix plus grave, André a pu parler dans un rouleau d'essuie-tout. Puis il a pu disparaître au bon moment par la porte du fond.

— Il n'y a qu'un problème, dit Jessica. Il faut être intelligent pour penser à ce genre de choses.

Karl ouvre son bloc-notes.

— Bon, voici ce que nous avons jusqu'à présent. Trois suspects : André, M. Fleury et M. Beaucage. M. Beaucage est très doué pour projeter sa voix. Nous avons entendu la voix du fantôme sept fois. Plutôt cinq fois, en réalité, si on ne tient pas compte d'André dans la cafétéria et de M. Fleury dans le laboratoire d'informatique. J'ai entendu la voix près du local d'échecs, mais c'était peut-être M. Fleury, là aussi. Jessica a entendu des gémissements et des voix dans le couloir et à l'arrière-scène, et Noé les a entendus pendant les activités parascolaires.

— Ce n'était certainement pas André, parce qu'il s'en va toujours directement à la maison pour manger, dès que la cloche sonne la fin des cours.

— De toute façon, quand j'ai entendu les

gémissements, André était en classe, dit
Jessica, et M. Beaucage aussi.

— Oui, mais M. Beaucage sait projeter sa
voix, dit Max.

— Il n'a pas pu faire le tapage qu'on a
entendu dans le placard, lui fait remarquer
Karl. Il y avait vraiment quelqu'un à
l'intérieur.

— Biffe M. Beaucage de la liste, dit Selena.
Il est trop gentil pour se cacher dans les
placards et pour se faufiler dans l'auditorium
durant les activités parascolaires.

— Tu as raison, dit Karl en rayant le nom
de M. Beaucage.

— Est-ce que M. Fleury est assez méchant
pour faire ça? demande Jessica. Qui voudrait
faire peur à des enfants?

Personne ne répond.

Jessica n'a qu'une image en tête, le pirate
sur l'écran de l'ordinateur.

Pendant le souper, Jessica raconte à ses parents comment s'est déroulé le spectacle de magie. Ils en sont au dessert quand elle termine son récit.

— J'aurais bien aimé être là, dit Mme Frigon. Je gage que tu as été une grande étoile!

— Pas vraiment, dit Noé. Elle ne vaut rien.

M. Frigon se lève pour débarrasser la table.

— Bon, amusez-vous bien pendant notre absence, dit-il à Jessica et à Noé. Nous vous avons loué un film...

— Où allez-vous? demande Noé.

— À l'auditorium de l'école, répond Mme Frigon. Nous avons une répétition pour la pièce.

— Non! crie Noé. C'est vendredi! C'est le jour où Pierre le borgne doit apparaître!

— C'est vendreeeeeedi, dit M. Frigon

d'une voix sinistre. Je vais les attraper vendreeeeeedi!

— Ne dis pas ça! crie Noé en se couvrant les oreilles.

— C'est seulement une réplique de la pièce, mon chou, dit Mme Frigon.

Jessica dépose sa fourchette.

— C'est vrai? dit-elle.

— Il y a un fantôme dans la pièce, dit M. Frigon. Un vieux pirate qui s'appelle Mortimer. Il essaie de hanter le petit hôtel dirigé par trois sœurs âgées. Chaque semaine, il tente de les effrayer jusqu'à ce que, un certain vendredi...

— Roger, s'il te plaît, nous sommes en retard, dit la mère de Jessica.

— Raconte-moi la suite! insiste Noé en tapant du pied. Ne pars pas!

— Attendez! s'écrie Jessica.

Soudain, tout devient clair : les voix, les

gémissements, la ceinture, le bandeau… Mais il faut qu'elle vérifie d'abord quelque chose.

— Maman, papa? Est-ce que je peux voir la liste des acteurs?

— Maintenant? dit M. Frigon en regardant sa montre.

— S'il te plaît! supplie Jessica.

En soupirant, sa mère sort une feuille de papier de son sac et la lui tend.

— Tu peux la garder, dit-elle.

— Merci! dit Jessica.

Elle passe soigneusement en revue la liste de noms. Et elle voit exactement ce qu'elle s'attendait à voir.

Elle court à la porte et met la main sur la poignée.

— Laissez-nous venir avec vous pour voir la pièce, dit-elle à ses parents. Comme ça, Noé va se rendre compte que ce n'est pas aussi effrayant qu'il le pense.

Noé arrête de pleurer.

M. et Mme Frigon se regardent.

— OUIIIII! hurle Noé en sautant sur ses pieds. Est-ce que je peux jouer dans la pièce, moi aussi?

Noé est un vrai casse-pieds.

— Je vais appeler Karl, Max et Selena! dit Jessica en traversant le salon. Il faut qu'ils voient ça, eux aussi!

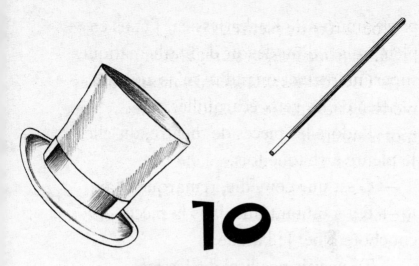

10

L'invité fantôme

Jessica, Noé, Karl, Selena et Max sont assis dans la douzième rangée. Sur la scène, trois femmes jouent les rôles des sœurs propriétaires de l'hôtel hanté.

— Plus fort! crie sans arrêt une jeune femme.

Elle porte des vêtements noirs, et Jessica pense que c'est la metteuse en scène.

— Quelqu'un va-t-il me dire ce qui se

passe? murmure Karl à Jessica. J'étais en plein milieu d'un devoir de mathématiques super intéressant quand tu m'as appelé!

Selena a les yeux écarquillés.

— J'adore les pièces de théâtre, dit-elle. Je pleure à chaque fois.

— C'est une comédie, remarque Max.

— Il y a un fantôme dans la pièce, chuchote Noé. Je l'ai lue.

— Tu ne sais pas lire, dit Jessica.

— Ce n'est pas vrai!

— Chuuuut! siffle Selena.

— Mais mes chères dames! dit un acteur d'une voix très forte. Je crois qu'il y a un fantôme dans l'hôtel!

— Je vous l'avais dit! dit Noé, tout excité.

— Je n'ai pas peur, dit Max à voix basse, en sortant sa baguette magique. J'ai appris une formule magique qui protège contre les

fantômes. Abracadabra… *flipflap!* Ou est-ce
flapflip?

— Quelqu'un a-t-il entendu ma question?
demande Karl. Pourquoi sommes-nous ici?

— Regarde bien! dit Jessica.

Clac… clac… clac… Le bruit provient de
l'arrière de l'auditorium.

— Oooooh, le fantôme arrive! dit Selena.

Noé saisit le bras de Jessica. Selena
s'avance sur son siège. Karl lève les yeux de
son travail. Max lève sa baguette magique.

Bang! fait une porte.

Boom! fait le faux éclair.

Les lumières s'allument et s'éteignent.

— *MIAAAAAAAAA!*

Le cri provient des haut-parleurs.

— Yiips! dit Karl.

— Je veux m'en aller! crie Noé en se levant
et en s'élançant dans l'allée.

— Reviens ici! crie Jessica.

Un homme apparaît à l'arrière de l'auditorium. Il porte un bandeau et a une grande ceinture noire autour de la taille.

— *C'EST VENDREDI!* crie-t-il. *JE VAIS LES ATTRAPER VEN...*

Noé entre en collision avec l'homme.

L'homme recule d'un bond en poussant un cri. Noé tombe par terre.

— Arrêtez! crie la metteuse en scène.

— Noé! appelle Jessica en s'élançant entre les rangées de sièges.

Max agite frénétiquement sa baguette magique.

— ABRACADABRA...FLIPNOC! Je veux dire FLOPNIC! Attendez...

Jessica arrive près de Noé. La metteuse en scène les rejoint à toute vitesse. Karl essaie de sauter par-dessus les sièges, mais il fait une chute. Selena saute par-dessus Karl.

L'homme s'agenouille devant Noé. Il enlève son bandeau.

— Ça va, fiston? dit-il.

Même s'il fait noir, Jessica reconnaît la voix.

— Monsieur Scott? dit Selena. Vous... vous êtes...

— Méchant... méchant! dit Noé en lui donnant une tape sur la main.

11

Pierre le borgne parle encore

— Je vous emmène manger un cornet!
s'écrie M. Scott. C'est moi qui invite!

La répétition est terminée. La plupart des
membres de la troupe s'affairent à nettoyer
ou se préparent à partir. Quand tout sera
propre, les acteurs, Jessica, Noé, Karl, Max,
Selena et leurs parents iront manger un
cornet de crème glacée.

Jessica et ses amis attendent les autres dans

le couloir, à l'arrière-scène. La ceinture de M. Scott autour de la taille, Noé court d'un bout à l'autre en essayant d'effrayer tout le monde.

— L'endroit n'a plus l'air aussi sinistre, dit Selena. Grâce à Jessica.

— C'est un génie, dit Max.

— En fait, j'étais sur le point d'y penser, bien entendu, dit Karl.

— Je ne comprends pas encore comment tu as pu le savoir, Jessica, dit Max.

— C'est à cause de la phrase « Je vais les attraper vendredi! » dit Jessica. Noé avait entendu la voix dire cette phrase à l'école. Et durant le souper, mon père a dit que c'était une réplique de la pièce.

— Et comme tu savais que des enseignants jouaient dans la pièce, dit Karl, tu as déduit qu'un acteur répétait ses répliques à l'école!

— Attends, dit Max, ce n'était pas Pierre le borgne qu'on entendait?

— Non, Max, répond Jessica. De toute façon, j'ai demandé à mon père de me donner la liste des acteurs de la troupe. Et, bien entendu, il y avait trois enseignants... et M. Scott. Je ne savais pas qui jouait le rôle du fantôme jusqu'à ce qu'on assiste à la répétition.

— Alors, c'est M. Scott qu'on a entendu dans le placard, aujourd'hui. Il répétait son texte, dit Karl. Mais lorsqu'on a ouvert la porte, il était déjà descendu au sous-sol pour faire son travail.

— Bon, c'est logique, dit Selena. Mais que faites-vous du pirate dans le local de M. Fleury? Et pourquoi M. Fleury était-il en colère contre M. Scott?

— M. Scott cherchait à se documenter pour son costume, dit Jessica. Il a laissé l'ordinateur ouvert par mégarde, et M. Fleury s'est mis en colère.

— Mais je ne comprends pas, dit Max en se grattant la tête. Pourquoi M. Scott se cachait-il dans le placard?

— Parce qu'il fallait qu'il répète son rôle. Les gens normaux ne grognent pas en public! réplique Selena.

— *Miiaaaaaaa!* crie Noé en faisant semblant de mordre la jambe de Jessica.

— Tu as bien raison, Selena, dit Jessica en poussant un soupir.

Au même instant, M. Scott sort de l'auditorium en vitesse.

— C'est l'heure de fermer l'école! dit-il avant de poursuivre de sa voix de fantôme : *Je vais manger de la crème glacée vendredi… miaaaa, et j'emmène tout le monde avec moi! Qui veut venir?*

— IIIIII-HIIIIII-HIIII! crie une voix derrière Jessica.

— Yiips! dit Karl.

Ils se retournent, mais le couloir est désert.

— Qui était-ce? demande Selena.

— Pas moi, dit Noé.

— Pas moi, ajoute Karl.

— Max...? dit Jessica.

Max est à mi-chemin de la porte.

Même s'il a le dos tourné, il est évident qu'il rit.

Les dossiers Abracadabra
par Karl Normand
Tour de magie n° 3
La pelle à poussière qui flotte

Matériel :
Une pelle à poussière avec un long manche
Deux mains

Ma méthode :

1. Avec ma main droite, j'ai levé
    le manche de la pelle à poussière.
    IMPORTANT : J'ai pris soin de placer
    le dos de ma main face au public.

2. Avec ma main gauche, j'ai attrapé
    mon poignet droit, près de la main.
    Ça donnait l'impression que j'essayais
    de garder mon bras levé.

3. Discrètement, j'ai mis mon index
    gauche sur le manche. Je pouvais ainsi
    appuyer fermement le manche contre
    ma paume droite!

4. J'ai levé un à un les doigts de ma main
    droite. Mon index gauche, caché à la
    vue, tenait toujours la pelle contre
    ma paume. M. Scott a cru que la pelle
    flottait!

Les dossiers Abracadabra

par Karl Normand
Tour de magie no 4
Érica coupée en deux

Matériel :
Deux cordes d'environ 1,80 m chacune
Du fil
Un tabouret ou une plate-forme

Méthode de Jessica et de Max :

1. Les deux cordes étaient déjà attachées
    l'une à l'autre au centre avec un fil.
    Quand Jessica a montré les cordes,
    sa main couvrait le fil.

2. Max et Jessica ont tendu les cordes dans
    le dos d'Érica, comme sur le dessin.
    Les cordes étaient reliées au milieu
    par le fil.

A   B

3. Ensuite, ils ont réuni les bouts A et
    les bouts B devant Érica, et ils ont fait
    un nœud.

4. Quand ils ont tiré sur les cordes, le fil
    s'est brisé. On aurait dit que les cordes
    avaient traversé le corps d'Érica!

Les dossiers Abracadabra

par Karl Normand
Tour de magie n° 5
L'œuf mystérieux de Jessica

Matériel :
Le bras de Jessica
Un œuf (une petite balle peut aussi
    faire l'affaire)

Méthode de Jessica :

1. Elle a baissé la main comme si elle
    s'apprêtait à lancer l'œuf.

2. Elle a regardé l'endroit où elle voulait
    lancer l'œuf. Avec insistance. C'est ça
    le secret. Tout le monde regardait
    où elle regardait.

3. Puisque tout le monde regardait ailleurs,
    elle a pu glisser l'œuf dans son autre
    main... sans que personne ne s'en rende
    compte!

4. Quand elle a fait son lancer, il n'y avait
    plus rien dans sa main!

Le tour le plus facile du monde, mais
un des meilleurs!

Les dossiers Abracadabra
par Karl Normand
Tour de magie n° 6
Selena aérienne

Matériel :
2 chaises
Une grande couverture
Deux perches
Les souliers et les chaussettes de Selena
Du ruban adhésif

Méthode de Selena :

1. Pendant qu'on la transportait sur scène, en réalité, ses pieds touchaient le sol. Elle avait fixé une chaussette (bourrée de coton) et un soulier au bout de chaque perche! Elle a pris soin de les tenir de manière que le public pense qu'il s'agissait vraiment de ses pieds. La couverture qui la recouvrait frôlait le plancher. Personne ne pouvait voir ses pieds!

2. Quand M. Beaucage et moi l'avons déposée sur les chaises, les vrais pieds de Selena étaient toujours sur le plancher. Selena n'a eu qu'à se lever en levant les fausses jambes en même temps.

Du moins, c'est ce qu'elle a essayé de faire...

À propos de l'auteur

Peter Lerangis est l'auteur de nombreux livres pour tous les âges, dont une collection de livres de science-fiction et d'aventure, et des romans humoristiques pour les jeunes lecteurs.

Il vit à New York avec sa femme, Tina de Varon, et leurs deux enfants, Nick et Joe.